JN188250

掛井広通句集

ふらんす堂

父母――目次

句集　父母

ちちはは

父

交番に迷子の父や夜の新樹

代筆で父の名を書く若葉冷

散髪に父連れてゆく薄暑かな

玄関の父の尿拭く大暑かな

遠花火母より遠き父の耳

見えぬ眼で空を見る父鳥渡る

父の杖秋風今日も先をゆく

父の眼の癒えよ曼殊沙華曼殊沙華

長き夜や父の眼に文字もう見えず

竜淵に潜めり父の眼に少年

レンタルの手摺に父のコート掛く

病窓を父見ず冬の銀河美し

亡き父よ父よ頬まだ温き冬

小春日へ父の位牌の誘はるる

棺行く先に小春の鉄扉かな

冬の日や父焼く煙永久に白

冬の日や父の形に灰豊か

冬の部屋父は山河となり戻る

亡き父と正座で対す淑気かな

冬帽子父の遺影の横に掛く

枯野ゆく父の自転車再び来ず

父死後も同じ一月二月来る

冬麗や父ゐず父の部屋に杖

父と見し海を見に行く冬帽子

きさらぎや少しづつ減る父の物

きさらぎの空見る父の遺影かな

空蟬の吹かれて父の墓に着く

亡き父を諭してゐたり盆の母

引き出しに父の目薬秋深し

冬うらら手を当ててゆく父の墓

あたたかや父の両眼黄泉に癒え

万丈の空や蝶来る父が来る

父の世の風吹く午後の籠枕

墓洗ふこの辺父の背なるや

蜻蛉飛ぶ一段上は父の国

鬼やんま墓より父は手を伸ばす

盆の蝶来て父の墓人の墓

あをあをと夜の海鳴り盆三日

平成二十五年

一室の明るさに割れしやぼん玉

しんがりのなき朧夜の観覧車

五月来る楽の街より富士を見て

噴水の真白き時間止まりけり

空蟬に雨の一音二音かな

天の川自動ピアノは永久に鳴り

廃品の鍵盤に舞ふ秋の蝶

この辺で折り返さうか秋だから

レンタルの出来ぬ体や水澄みぬ
コスモスや風の言葉が溜まつてる

天高し子規の句碑ある街に住み

ヒロシマもフクシマも鳥渡るなり

人絶えて原子炉残る天の川

ポケットの団栗明日は地へ還す

自画像は横顔がよし秋深し

冬うらら帯見て本をまだ開けず

しぐるるや小さき駅に店探す

葛湯には葛湯の湯飲みありにけり

残業の一人となりて咳一つ

始発待つ一番線の冬帽子

一枚の落葉漂ふ足湯かな

枯野より戻りて眼沖を見る

平成二十六年

箒の目子の乱しゐる二日かな

一椀に一花の花麩春立ちぬ

春の夜や二方向から電子音

線となる前の朧の心電図

春の旅バスは行き先まだ告げず

春愁や二円切手を貼り足して

春の波万の手旗を鳥に振り

中年や夜のぶらんこを少し揺らす

水平線帆を高々と上げて夏
千枚の風立ちて風薫るなり

青梅雨の切符の穴に海の音

牛乳の蓋の爪痕梅雨青し

かたつむり雨粒一つづつ宇宙

夏料理皿に水流残りけり

白南風や胸より生るる水平線

熱帯魚泡の一つは独語なる

万緑やハローワークは今日も混み

氷菓子少女は海になりにゆく

街灼けて動く歩道に流さるる

水母浮く数億年の透けて見ゆ

一枚のさみしさ剝がす夕立かな

ロッカーの奥に晩夏の海があり

初秋や船より海の剝がれゆく

カーナビの我は矢印秋澄みぬ

手に点し胸に点して赤い羽根

一房の一語の重き葡萄かな

エレベーター秋思の他は乗つてゐず

新豆腐水の重なり幾重にも

帽子屋の卓に珈琲冬隣

駅の灯に一人をこぼす枯野かな

布団干す午前と午後を裏返し

昨日見し冬蝶今日は空ばかり

霜夜なり風呂の蓋巻く音は母

平成二十七年

去年今年星座の脈は強かりし

大寒の湯気あるものを買ひにけり

流氷に触れて月光軋むなり

弓型の日本より飛べ燕の子

書き出しの手紙そのまま緑さす

ドローンは宇宙の虫か夏が来る

梅雨深し深海に灯を点すやう

桐の花沖より「やあ」と亡き師来る

豆飯や明日はリストラかもしれず

風鈴の一音今日の始まりぬ

海の日やノブを回せばカフェオーレ

万緑やひかりは羽化を繰り返し

夏瘦や子規の横顔めきし午後

何泊かこの世に予約して端居

秋暑し本重ねては一つ抜く

朝の卓林檎の位置を少し替ふ

一湾のどこが止まり木秋の蝶

月光の食感の梨食みにけり

交差点木の実を一つ落としゆく

冬蝶の来て流木を墓標とす

毛糸玉過去を手繰ればなほ長し

遠き灯はおでんの灯りかもしれず

平成二十八年

水の星の水音に覚め大旦

一月の海に真向かふ喉仏

本棚の一書一書の淑気かな

ノラ追ふも髪のいぶせし久女の忌

窓ごとに立春の空ありにけり

風二月海へ海へと心の帆

しやぼん玉地球いつまで青かりし

航跡は海のかさぶた走り梅雨

梅雨に入る海に流るる汚染水

一匙ははるかな地平かき氷

人形の首の針金半夏生

あの風もこの風も好き秋桜

原子炉は小さき石よ鳥渡る

眼鏡置けば色なき風の見ゆらむか

桃食うて地球こんなにみづみづし

横顔は律見る眼獺祭忌

鉛筆も二つ寄り添ふ冬はじめ

砂町の灯のあるところ波郷の忌

孤独なり太平洋も白息も

平成二十九年

初富士やこだまとのぞみ擦れ違ふ

撫で牛の両眼撫づる梅真白

黒子にも毛穴ある憂さ桜の夜

空席の網棚にある春帽子

ポケットに往復切符花曇

切手貼る宛名の空は花の頃

蜂が来る火の起きさうな音のして

立夏なり海には万の力瘤

心臓はいつも激流夏はじまる

噴水のどの一滴も空目指す

薄暑光私服の僧と墓を見て

蝸牛少し走ってみたらどう

来し方のみな美しく滴れり

風死せりゼブラゾーンに囲まるる

採血を終へても拳夏痩せて

秋立つて海が一枚ある地球

百幹は空の青欲る竹の春

くぢらの尾飛ぶ星一つ捉へけり

秋の蝶トランプを切るほどはゐず

今脱ぎし靴にこほろぎ近づきぬ

平成三十年

一枝に水めぐりゆく初山河

春立ちて一ページ目なる空に鳥

鶯餅一羽加へてなほ無口

稜線を結べば日本夏は来ぬ

助手席に空の水筒麦の秋

この星をさみしと一鵜飛び立ちぬ

吊皮に梅雨の重みの手を伸ばす

水筒の口も溽暑を吐きにけり

流木に長居する石大旱

海霧深し富士ある方に歩きゆく

あをあをと瀬音誘ふ川床料理

鳥語とも樹語とも秋の立つ朝は

水澄むやひたすら天を映すため

はるかなる声は大樹か水の秋

水の輪の真ん中にある秋気かな

吹きガラス秋思一切寄せつけず

ポケットに昨日の小銭酉の市

平成三十一年・令和元年

体内の水揺さぶつて蝶とゐる

爪を切る音の一つの余寒かな

流木の端に海置く涅槃西風

白きもの皆帆となりて七月来

ドーナツは大方は穴大南風

一葉は今日の栞よ紅葉茶屋

地球てふ銀河の凹み水湛ふ

一室づつ銀河に触るる観覧車

秋思の手点しＬＩＮＥに繋がりぬ

秋冷や体の岸にまで水音

形なきものは白恋ふ冬隣

浅草や熊手で止むる人力車

紙漉の水の表を使ひけり

冬青空手足伸ばせばみな光

落葉舞ふ風にも端のあるらしき

令和二年

灯台も我も淑気の棒となる

ホテルまでバスの一行初句会

椅子を回して乗初の日を見つむ

春隣皿に色添ふバイキング

冴返るフォークとナイフ水の中

いつよりの一本道や水温む

春愁の折り目を正す朝かな

春寒や街角に舞ふレジ袋

雑踏の消えし夜の街花吹雪

花吹雪人ゐず風は風を追ふ

疫病の余白の多き春惜しむ

吊革に人の手はなく五月来る

子燕の口の押し合ふ力かな

梅雨深し廃車の中の新聞紙

滴りに空の一滴紛れけり

水打つや水の先端光るまで

ひっそりと月引く力月見草

遠くより水の澄む音眼鏡置く

令和三年

囀や移動スーパー来る団地

紅梅の百の蕾の一つ震ふ

国境のなきは美しやぼん玉

足跡も我も一人や春砂丘

鳥交るアクリル板は空になし

花筏この一片がつひなるや

一曲を奏でよ雨のかたつむり

人の死のメール一行雲の峰

月涼し何聞き澄ますパンの耳

翁の忌石の蛙は水を恋ふ

令和四年

初暦どの日も今は輝きぬ

検温の画面に顔や四日はや

ひかりにもとどまるところ薄氷

シュレッダーにわが名を刻む余寒かな

体の管人工の管春寒し

花冷や一人座れる四人席

空洞を拳の包む春愁

あたたかや郵便で来る表彰状

空席に置く一枚の春落葉

天指して五指いきいきと甘茶仏

花散るや余白の午後は余白のまま

一人なら眼鏡外して花吹雪

鳥雲にはるか戦火のウクライナ

竹垣の一本づつの薄暑かな

一斉に口の弾力燕の子

地下道は矢印ばかり梅雨に入る

米粒に水の輝き秋立ちぬ

林火忌の花火は遠くコロナの夜

風の尾はつひに摑めず猫じやらし

病室の全てが離島鳥渡る

小鳥来る終止符ほどの二羽三羽

命とは静かなる水秋澄みぬ

バス停は人の丈なり今朝の冬

御神牛五臓のあたり撫でて冬

マスクして東京遠く人遠く

石蹴つて冬立つ空の音響く

卓に脱ぐ手套は一指づつ黙す

冬の夜やホチキスの針密に百

食券の切り取り線や冬に入る

天よりの一葉は胸に冬うらら

話すたびマスクの凹む会議かな

嚔して生命線の伸びたるか

拳にも小さき稜線寒波来る

令和五年

下手な字の活字に変はる淑気かな

パンの耳ほどの春愁身に纏ふ

入口も出口も花の雨の中

来し方のところどころの花吹雪

豆飯の豆やや多き一杯目

走り梅雨草木は大きく息をして

梅雨寒や座布団重ねある仏間

夏うぐひす空の底ひの声かとも

七月の海の余白を帆走す
かがやきは空の端より雲の峰

空蟬の万の黙あり夜となりぬ

太陽に老斑のなき大暑かな

子規詠みし街の百年水澄めり

柘植の木の鍵盤に秋深まりぬ

還暦は色なき風の中に立つ

駅にある明治のポスト秋うらら

狛犬の牙の先端冬に入る

湖に立つ鳥居しらじら神迎

墓石に一語も置きて冬はじめ

着ぶくれてなほも足らざるもの何や

袋ごと茹でておでんの夜を点す

寒雀心折れたる日も来るや

マスク取り今日の一日の顔と会ふ

綿虫と同じ日差しにとどまりぬ

一枚の落葉を少し追ひにけり

令和六年

草餅の凹みしところ香の立ちぬ

花冷えのパソコンを折る体折る

さを鹿の角なく夏を迎へけり

竹落葉一葉の命軽からず

コンビニに返すレシート走り梅雨

昼寝覚足ははるかな海に向け

噴水の高さを知らぬ水ばかり

隙間には自由がありぬ油虫

夢の世は戦禍に焦げて耕衣の忌
瓦礫にも影ありて鳥渡るなり

一斉に審査待つ香や菊花展

参道に人住む家や冬隣

信号の青の沁みゆく時雨かな

紐を解くやうな小春となりにけり

十二月八日正しく来る朝

母

母の影わが影確と初明り

福祉課の椅子に母の名書く春よ

母の手に花の一片乗せにけり

夏蒲団ふはりと母の立ち上がる

しんがりに母と着く墓蟬時雨

母老いて涼しき棒となりて立つ

日傘さす母はいつよりさみしき水

母の杖秋風追はず蝶追はず

小春凪母の杖より生まれけり

古暦父の忌日を母見つむ

淑気満つ中へと母の杖一歩

立春のひかりの届く母の杖

病院に行くのみ母の春帽子

母の手の錠剤一つづつ朧

ＣＴの白黒の母朧の夜

母の字の傾く先に夏と我

母卒寿昼夜蛍となり眠る

秋桜母の齢をほのの点す

霧深し担架の母も街の灯も

病室の母に秋澄む空はるか

点滴の一滴づつの母へ冴ゆ

施設の灯母とは逢へぬ落葉かな

冬椿母の一歩は千歩とも

施設より母帰り来るクリスマス

清拭の母のかたへに初日差す

車椅子押す囀りの真ん中へ

仰臥長し母は空見ず花を見ず

白湯飲ます母の口元桜冷

春の昼パジャマの母に湯を沸かす

母の髪洗ふ流るるものの何や

天井は母の空なり遠花火

深夜替ふる点滴街はクリスマス

点滴の母と年越す母の部屋

点滴の母に一通来る賀状

母へ落つる点滴無音冬深し

母見ゆるところに生花春隣

点滴のその先の母かぎろへり

母の字の死へと傾く朧かな

母とかつて歩きし砂丘鳥雲に

長閑すぎて母昇りゆくごとくなり

はつかなり花の夜眠る母の息

逃げ水を追ふたび母の衰ふる

花散るや母の余生のしづけさに

跋

掛井氏は既に『二十五歳』『孤島』『さみしき水』の三冊の句集を上梓し、『父母』は第四句集になる。俳句を十七歳で始め今年で句歴は四十年を超す。氏の第一句集『二十五歳』は実年齢の二十五歳の時に纏められたものだが、初期の作品から氏の足跡を紐解いてみたい。

冬林檎さみしさ芯にこもるらし
別々の五指のさざなみ春の川

荒涼・荒廃した物足らないさみしさが冬林檎の芯にこもると己を見定めたり、水に浸した五指の細かな動きをさざなみと描写したり、冷静に自己をかえりみる眼と対象を凝視する眼の透徹した倫理観を既に併せ持つ。第一句集にして眼を瞠る感受性を持ち、後の活躍の片鱗を思う。

氏は第一句集上梓後に結社「沖」へ所属を変え、後に「沖」へ入会した私と知り合うのだが、「沖」内の小さな勉強会を通じ共に切磋琢磨したのも懐かしい。氏の師である松島不二夫静岡支部長を偲ぶ喪の句会にも東京より参加した。かれこれ二十年の親交を積んできた事になる。

氏は平成十四年に「沖」の新人賞受賞を皮切りに、平成十八年には作品五十句「孤島」の応募で見事「第九回朝日俳句新人賞」を射止めた。この受賞祝賀会は東京・有楽町で多数の俳壇関係者に祝福され盛会裡に終了し、祝賀会の帰路の興奮は今でも鮮明だ。

太陽ははるかな孤島鳥渡る

翌年刊行の第二句集『孤島』を代表する核となる句で、修練を積み、詩情を見事に開花させた一句である。太陽こそ氏の目指す目標だが、孤独で険しい俳句の道程を想起させる一途な姿勢を思う。平成二十四年には第三句集『さみしき水』を上梓。題名は〈噴水はさみしき水のシュレッダー〉より抜粋。

木枯は海恋ひ人は人を恋ふ

氏の持つナイーブな境地の深みが表現されて、木枯という季語の不安な心と深い寂寥感が伝わる。木枯も七大陸を包む海を恋い、人も刹那と不条理に生きながら人を恋う。〈恋ひ〉〈恋ふ〉のリフレインもこころの襞に響いてくる。

後に氏は「沖」を退会し、平成二十六年に創刊した私の「くぢら」に参加し創刊同人となる。同年「静岡県芸術祭」を受賞。平成三十一年には俳人協会の「第二十五回俳句大賞」を受賞し、くぢら会員共々盛大な祝宴となった。

本句集は氏の第四句集で、平成二十五年より令和六年迄約十年間の作品が網羅されている。全章は十二の作句年度別に構成されて、「父」（平成二十八年～平成二十九年）と「母」（令和四年～令和六年）の二章のみ独立。「父」三十八句、「母」四十三句はほぼ同数で、総句数の約三割弱を占める巧みな構成にも特徴がある。

冒頭の「父」の章より。

交番に迷子の父や夜の新樹

玄関の父の尿拭く大暑かな

見えぬ眼で空を見る父鳥渡る

どの句も身近な肉親の老いと認知症の父への切なさが痛切に迫り、氏のいたたまれぬ気持ちが赤裸々に吐露されている。〈交番に〉迷子の父を責めずに新樹の夜を歩く親子連れ。〈玄関の〉父の尿を拭く途方に暮れる無常感や無力感、〈見えぬ眼〉の視力を失った父への苦悩と深い同情心に打たれる。介護と戦う日常の精神的・肉体的な苦難の現実が綴られる。父の看護をしながら俳句を詠む事で必死に前を向き生きようとする姿勢に胸が締め付けられる。

冬の部屋父は山河となり戻る

父死後も同じ一月二月来る

亡き父を諭してゐたり盆の母

氏の父は平成二十八年逝去、享年八十七歳。「父」と題した作品五十句は角川俳句賞にも応募され見事予選通過された。氏はこの角川俳句賞に昭和五十九年より毎年応募し続けている努力家である。並並ならぬ氏の姿勢と向上心に頭が下がる。とりわけ〈冬の部屋〉は絶唱で父恋の白眉の句と思えてならない。生前に尽くした父への愛情と交流の絆は深い。他人とは違い、肉親がゆえにこそ言い尽くせぬ事も計り知れない。肉体は滅びるが父の魂は死後も存在し、山河を司る土や木や風となって、生涯に亘り氏の山河を潤してくれるに違いない事は言を俟たない。

「平成二十五年」より

天の川自動ピアノは永久に鳴り
人絶えて原子炉残る天の川

永久に鳴り続ける人工的で無機質な自動ピアノの音。東日本大震災後に残された原子炉は大地震に破壊された遺構としてその爪痕を今も残す。同じ天の川の季語を用いて一方は永遠の生成を詠み、片や破壊されたまま残る原子炉という皮肉に依り、死生観の対極を示唆している点が印象的である。

「平成二十六年」より

かたつむり雨粒一つづつ宇宙

熱帯魚泡の一つは独語なる

氏の俳句創りの特徴に〈見立て〉の潔い言明がある。雨粒の一つを宇宙と、熱帯魚の吐く泡を独語と断定した自由で斬新な発想があり、氏の独擅場でもある。微小で矮小な昆虫へ注ぐ慈愛の眼にも過不足がない。

「平成二十七年」より

ドローンは宇宙の虫か夏が来る

一湾のどこが止まり木秋の蝶

ドローンが宇宙の虫と詠める程、氏の脳は闊達で発想に遊び心も飛躍もある。一湾に止まり木を探す不安定な心理や葛藤、心細さは氏の心情で秋の蝶に託されている。

「平成二十八年」より

横 顔 は 律 見 る 眼 獺 祭 忌

砂 町 の 灯 の あ る と こ ろ 波 郷 の 忌

著名な正岡子規の横顔の絵を実は妹の律を見ていると詠む。石田波郷が十二年住んだ第二の故郷の東京・江東区砂町にも思いを致す。子規は三十五歳で、波郷は五十六歳で夭折され、それぞれの町の灯となった。長年病苦と戦い抜いた二人の俳人の息遣いを見事に活写した。

「平成二十九年」より

立 夏 な り 海 に は 万 の 力 瘤

噴 水 の の ど の 一 滴 も 空 目 指 す

躍動感のある夏の二句。海の面の波浪の力強さを〈万の力瘤〉と見る向日性、〈噴水〉の一滴はみな空を目指し噴き上がるという視点の洞察力と浪漫を賛美したい。

紙漉の水の表を使ひけり

平成三十一年の俳人協会主催の「俳句大賞」受賞句である。切れ字の〈けり〉の利いた一物仕立てである。水の表裏の意外性を解く事にも尽きる。無色・無味・無臭の水の液体を質量ともに、つきつめて水には裏と表のある事実を知らしめた。紙漉きという日本古来の文化の伝承を称揚し、風土に根ざした営みの価値を改めて見出し作品とした点も見逃せない。木材パルプを原料とする機械での量産の〈洋紙〉と違い、伝統的な和紙は全て手で漉くという大きな違いがある。〈ネリ〉を考案して効果的に用い、手先の器用さと知恵が生み出した日本の手漉和紙技術は、ユネスコ無形文化遺産にも登録された。氏の代表句となったこの句にも繋がった。

「令和二年」「令和三年」「令和四年」より

疫病の余白の多き春惜しむ

吊革に人の手はなく五月来る

鳥交るアクリル板は空になし

検温の画面に顔や四日はや

新型コロナウイルス感染症はあっという間に全世界を巻き込み世界的な大流行、パンデミックとなった。不要不急の外出自粛を強いられ、俳句の世界も対面から、ファックスやメール、そしてネット句会へと変貌を余儀なくされた。長引く疫禍の出口の見えぬ不安や焦りの混沌が見える句群。

「令和五年」より

着ぶくれてなほも足らざるもの何や

寒雀心折れたる日も来るや

コロナ禍が明けて、日常も戻りつつあるがどこか満たされぬ心の隙に風が吹く苦悶の日々が綴られる。

「母」の章より

母の杖秋風追はず蝶追はず

立春のひかりの届く母の杖

冬椿母の一歩は千歩とも

氏の前職は静岡のオートバイメーカー勤務の会社員で、母の介護の為に早期退職を希望し、後に介護福祉士の資格を取得した。二十年以上勤務した会社からの離職には相応の決意と覚悟があったに違いない。足腰の弱くなった母の頼りの杖。リハビリも兼ねて秋風に触れ、立春の光に寄り添う大切な第三の脚の〈母の杖〉を見守る氏の慈顔と慈眼。

霧深し担架の母も街の灯も

母の字の死へと傾く朧かな

長閑すぎて母昇りゆくごとくなり

懸命に生きる母へ寄り添うものの、近頃のすっかり寝たきりとなられた点滴の母を静観する氏の覚悟も見られる。もどかしさや焦躁の狭間に揺れ動く微妙な心情もある。

氏はいま〈山河となった父〉へ敬愛の念を新たにし、〈点滴の母〉を見守りながらも永遠なる愛に深謝し、改めて己の存在意義と価値を自問自答しているのかもしれない。この句集は氏より父への思慕と母への感謝を綴った唯一無二のオマージュである。氏は十代から比類なき着想と非凡で誰にも真似の出来ない独自の世界観を構築してきた。私は氏の愛読者の一人として、氏の更なる活躍と飛躍を願わずにはいられない。

令和七年　きさらぎのころ

くぢら俳句会　主宰　中尾公彦

あとがき

句集『父母』は二〇一三年より現在までの三百三十句を纏めた小生の第四句集です。九年前父を亡くし、現在九十五歳のほぼ寝たきりの母を自宅にて介護。外出は制限され父母の句が自然と多く出来、句集名を「父母（ちちはは）」としました。父母は、デイサービスなどは拒否、二十四時間の介護が必要のため会社を退職。介護福祉士の資格を取得し現在に至っています。母は一年前食事が出来なくなり自宅にて三か月点滴。最後の看取りと思われたが食事が出来るまで快復。ただ要介護三の状態は変わっていません。介護の資格はあるが一人での介護は困難であり、訪問介護、訪問看護、訪問入浴で対応。二週間に一回の往診を受けています。

本句集を編むに際し、ご多忙の中跋文を賜りました中尾公彦主宰に深く感謝申し上げます。

令和七年二月

掛井広通

著者略歴

掛井広通（かけい・ひろみち）

昭和38年4月30日生まれ

昭和57年	「小鹿」入会
平成元年	「小鹿」退会、「鷹」入会
	第一句集『二十五歳』刊行
平成６年	「鷹」退会
平成７年	「沖」入会
平成14年	沖新人賞受賞
平成18年	第九回朝日俳句新人賞受賞
平成19年	第二句集『孤島』刊行
平成20年	沖珊瑚賞受賞
平成24年	第三句集『さみしき水』刊行
平成25年	「沖」退会
平成26年	「くぢら」創刊同人、静岡県芸術祭賞受賞
平成31年	第二十五回俳人協会俳句大賞受賞

現　　在　「くぢら」同人、俳人協会会員

現 住 所
〒437-1204　静岡県磐田市福田中島3396-4
はまぼう団地C313

句集　父母　ちちはは
二〇二五年四月二九日　初版発行
著　者——掛井広通
発行人——山岡喜美子
発行所——ふらんす堂
〒182-0002 東京都調布市仙川町一—一五—三八—二F
電　話——〇三（三三二六）九〇六一　FAX〇三（三三二六）六九一九
ホームページ https://furansudo.com/　E-mail info@furansudo.com
振　替——〇〇一七〇—一—一八四一七三
装　幀——君嶋真理子
印刷所——壷屋製本㈱
製本所——壷屋製本㈱
定　価——本体二七〇〇円＋税
ISBN978-4-7814-1735-6　C0092　¥2700E
乱丁・落丁本はお取替えいたします。